Puedes consultar nuestro catálogo en www.picarona.net

No quiero… comer sopa
Texto: *Ana Oom*
Ilustraciones: *Raquel Pinheiro*

1.ª edición: febrero de 2017

Título original: *Não quero… comer a sopa*

Traducción: *Lorenzo Fasanini*
Maquetación: *Montse Martín*
Corrección: *M.ª Ángeles Olivera*

www.zeroaoito.pt

© 2012, Zero a Oito. Reservados todos los derechos.
Primera edición en 2012 por Zero a Oito, Edição e Conteúdos, Lda., Portugal
© 2017, Ediciones Obelisco, S. L.
www.edicionesobelisco.com
(Reservados los derechos para la lengua española)

Edita: Picarona, sello infantil de Ediciones Obelisco, S. L.
Collita, 23-25. Pol. Ind. Molí de la Bastida
08191 Rubí - Barcelona
Tel. 93 309 85 25 - Fax 93 309 85 23
E-mail: picarona@picarona.net

ISBN: 978-84-9145-002-3
Depósito Legal: B-21.667-2016

Printed in Portugal

No quiero...

comer sopa

Texto: Ana Oom
Ilustraciones: Raquel Pinheiro

Picarona

Paco era un niño pelirrojo, con una mirada **traviesa**, mejillas rosadas y una cara llena de pecas. Hacía muchas **travesuras** y sus amigos se reían a carcajadas con sus bromas.

Paco

Pero cuando era la hora de comer
y el plato de sopa llegaba a la mesa, Paco
se empezaba a preparar. Cerraba la boca
tanto que no había manera de que le entrara
ni una sola cucharada.

Su mamá estaba desesperada:

—¡No empieces, Paco!

Pero la escena se repetía en cada comida,
y él decía:

—¡No quiero sopa!

Un día, su mamá decidió comprarle
una cuchara de un color bien alegre.
Quién sabe, quizás de esa forma Paco dejaría
a un lado sus rabietas. Escogió una de color verde,
su color preferido, y a la hora de comer la puso
en la mesa.

—Paco, ¿has visto que cuchara tan bonita
te he comprado? Es perfecta para
comer sopa...

La mamá puso la cuchara en el plato,
la llenó y la llevó directamente a la boca de Paco.

A pesar del interés por la nueva cuchara,
él cerró los labios y ya no hubo forma
de que de su boca entrara ni saliera nada.

Su mamá insistía:

—Venga, ésta es para papá… ésta para
la abuela Luisa…

Pero Paco seguía con la **boca cerrada**.

Entonces, su mamá intentó convencerle con promesas:

—Si te la comes toda, te contaré un **cuento**... ¡el de los dos monstruos, tu cuento preferido!

A Paco le encantaban los cuentos y acabó abriendo la boca.

—¡Pero a mí no me gusta esta sopa! –dijo.

—Te prometo que si hoy te la comes toda, mañana te haré sopa de letras... –le dijo su mamá.

Pero Paco no quiso ni una cucharada más. A pesar de ello, al día siguiente la mamá le hizo una sopa nueva. De hecho le hizo más de una: una de pasta, una crema de zanahorias y hasta una deliciosa sopa de **verduras**, cremosa e irresistible.

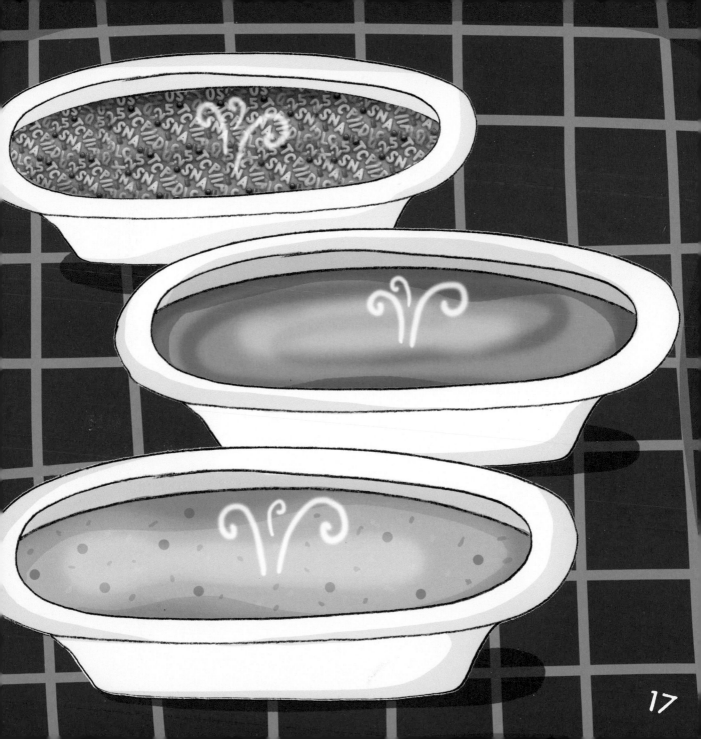

Ninguna de aquellas sopas consiguió convencer a Paco, y su mamá, cansada de **enfadarse**, acabó rindiéndose. ¡Paco estaba muy **satisfecho**! Nunca más volvería a comer sopa.

Unos días más tarde, Paco fue a casa de su amigo Pepe. Siempre **jugaban al fútbol** juntos y pasaban mucho tiempo en el jardín, pero aquella tarde Paco no tenía ganas de correr.

—¡Estoy **cansado**! Me quedo aquí viéndote dar patadas a la pelota —dijo a su amigo, y se sentó en el césped.

—¿Y si vamos a jugar al escondite
con los demás niños? –le propuso Pepe.
Pero Paco no cambió de idea:
—No, yo me quedo mirando…
A Pepe todo eso le extrañaba. Paco parecía
muy débil, no le apetecía hacer nada y estaba
tan pálido que sus pecas casi ni se veían.
Ya ni siquiera gastaba bromas. Sin embargo,
su amigo siguió insistiendo:
—¡Ven con nosotros! ¡Será divertido!

A Paco le encantaba jugar
con sus amigos, y él tampoco entendía
qué le estaba pasando. ¿Por qué se sentía
así? Entonces le preguntó a Pepe:

—Pero, ¿cómo es que tienes tanta
energía y no te cansas nunca?

Éste se colocó en posición, chutó la pelota
con todas sus fuerzas y le contestó:

—¡Pues, gracias a la sopa especial
que me cocina mi mamá! La como todos
los días y me da fuerza y energía…
¡tendrías que probarla tú también!

Paco se quedó pensando en lo
que Pepe acababa de decirle. Cuando llegó
a casa, le preguntó a su mamá:
—¿Esta noche hay una sopa especial?
Sorprendida, ella le contestó:
—¡Pues claro! ¡Y está deliciosa!

A partir de aquel día, las mejillas de Paco recobraron su color rosado, volvió a correr, a bromear y a jugar con sus amigos. Y se acostumbró a tomar siempre un buen plato de sopa, sin protestar.